LE CHRESTIEN DES-ABVSÉ DV MONDE.

A PARIS,

Chez Gvillavme Desprez, ruë Saint Iacques,
à l'Image de saint Prosper, prés S. Benoist.

M. DC. LV.

LE
CHRESTIEN
DES ABVSE' DV MONDE.

Lecteur, dis ie te prie en lisant cét Escrit
C'est l'ouvrage du cœur, & non pas de l'esprit.

TROMPEVSES vanitez où mon ame abusée
A veu de ses beaux iours la trame mal vsée
Esclauage de Cour, où tous les Courtisans
Voient passer en fumée, & leurs biens & leurs ans ;
Vous ne me tenez plus, vos faux biens, vos faux charmes
Sont icy maintenant le sujet de mes larmes,
Ie deplore le temps que i'ay perdu pour vous :
Vos Fauoris, vos Roys, qu'on adore à genoux
Au dessus du commun n'ont qu'vn esclat de verre,
Ils sont faits comme nous de poußiere & de terre,
Quand l'heure sonnera malgré tous leurs efforts,
Leur pompe, & leur grandeur, leur trosne & leurs tresors,
Leur haute maiesté tombera dans la biere
Et quelques iours apres ne sera que poußiere.

A ii

Le rang, les dignitez, font vn fantofme vain,
Qu'on poffede auiourd'huy mais qu'on n'a pas demain ;
Le bel âge s'enfuyt, les plus beaux iours fe paffent,
Les marques de grandeur par la cendre s'effacent :
L'éclat le plus brillant par la mort eft éteint
L'honneur s'éuanouyt, la pourpre fe déteint :
Les Trofnes, les Chappeaux, les Couronnes fe rompent ,
Du plus ryant bon-heur les careffes nous trompent ;
La fortune & les Roys ont beau nous fouftenir
Nous fommes faits de cendre, il y faut reuenir ;
Et des Palais dorez & de riche ftructure
Il faut defcendre enfin dedans la fepulture,
Et fortant de la pompe & d'vn éclat fi beau,
Faire efchange du iour en la nuict du tombeau.

Des grands, des fauoris, fi craints de tout le monde,
Tout l'eftabliffement n'eft fondé que fur l'onde :
Il femble inébranlable, il eft grand, il eft beau
Mais helas ! il n'eft rien, de moins conftant que l'eau :
Pour abbatre vn monceau fait de cendre & de poudre
Il ne faut que du vent, il ne faut point de foudre.

Dieu feul eft immortel & l'homme ne l'eft pas,
Tout ce qui reçoit vie, eft fuiet au trepas :
Et la mort de fes Loys ne difpenfant perfonne
Elle abat la Thiare, elle abat la Couronne.
Le bandeau fur les yeux, & le fer à la main,
Elle tuë vn Efclaue ainfi qu'vn Souuerain.

Un iour on pleurera ceux que le monde admire,
Et ceux que nous voyons gouuerner vn Empire
Faire mille actions, dignes d'eftonnement
Tomberont à leur tour dedans le monument :

Ces testes & ces mains qui maistrisent la terre,
Qui reglent tout en paix, qui triomphent en guerre,
Helas, seront vn iour par vn triste reuers
Le butin de la mort & l'aliment des vers,
Et n'estant plus alors, quelques mots de l'histoire
A peine de l'oubly sauueront leur memoire.
  Dieu seul le Dieu des Dieux, & le seul Roy des Roys
Merite tous nos soins, nostre cœur, nos emplois,
A luy seul tout est deu d'vn deuoir legitime,
Tout ce qu'on donne ailleurs, est larcin, vol, & crime.
  C'est à ce Roy, Chrestiens, qu'il faut faire la Cour
L'adorer, le seruir, & l'aymer nuict & iour,
Ce n'est pas qu'il ne faille honorer les Monarques,
Leur rendre d'vn suiet les veritables marques :
Mais il faut dans son Prince adorer cette main,
Qui soustient sa Couronne & le fait Souuerain,
Et rendant nos deuoirs aux maistres de la terre
Rendre hommage & respect, au maistre du tonnerre,
A Dieu qui fait les Roys de qui les Potentats
Reçoiuent icy bas leur Sceptre & leurs Estats:
A Dieu, par qui les Roys reignent dans les Prouinces,
Et qui tient dans ses mains, l'ame & le sort des Princes,
A Dieu de qui les Roys sont les humbles suiets,
Qui conduit tous leur pas, qui benit leur proiets,
Et par l'ordre sacré que fait sa Prouidence
Regle comme il luy plaist la Royale Puissance.
  Pour estre fauory de ce Roy Tout-puissant,
Il ne faut pour tous biens que se rendre innocent,
Et pour estre tousiours dedans ses bonnes graces
Il faut sans se lasser suiure humblement ses traces,

A iij

Mais pour estre en faueur & puissant dans sa Cour,
Il faut pour cét aymable auoir beaucoup d'amour,
Il faut beaucoup aymer d'vne ardeur non commune
Pour faire en peu de temps vne sainte fortune:
C'est vn Dieu bien-faisant, c'est vn Roy liberal,
Auprés des autres Roys, on souffre tant de mal,
Pour auoir peu de bien qui se gagne auec peine,
Dont la possession est souuent incertaine,
Qui fait cent ennemis, qui fait cent enuieux
Et ne fait qu'affamer, l'esprit ambitieux.

  Mais Dieu nous donne tout, il se donne luy-mesme,
Sa liberalité va iusques dans l'extréme,
Il nous donne son Sang, il nous donne son Corps,
Il nous ouure d'abord tous ses riches tresors,
Il n'est pas dedaigneux, il reçoit tout le monde,
Et de ses biens diuins la source est si feconde
Que plus il en depart à tous ses Courtisans,
Plus il est riche & prest à faire ses presens.

  Souffrez donc, ô mondains, que l'on vous des-abuse
Connoissez du demon la malice & la ruse,
La Cour est deceuante & le monde est trompeur
Et vostre vie est moins qu'vne foible vapeur:
Venez, venez en foule à la Cour de mon maistre
Si-tost que vous aurez le bon-heur de connoistre
L'auantage qu'on a de luy faire la Cour,
De brûler doucement du feu de son amour,
De ne songer qu'à luy, de viure de sa grace,
Et meriter au Ciel vne Eternelle place;
Vous benirez le iour, & cét heureux moment
Qui vous a sçeu guerir de vostre aueuglement.

Vous verrez mille biens fondre sur vostre teste,
Vous n'aurez plus de peur de ces coups de tempeste,
Qui font dedans les Cours ces naufrages sans bruit
Où dans vne heure on perd les trauaux & le fruit,
De ces fascheuses nuits, de ces belles iournées
Que l'on passe à regret durant plusieurs années:
Vn iour auecque Dieu, vaut mieux que mille iours
Passez auec vos Roys dans vos superbes Cours:
Vn mot, vn contre-temps, vne mauuaise œillade
Est capable de rendre vn courtisan malade;
S'il faut prier le Roy, s'il faut l'entretenir,
Il faut aller cent fois & cent fois reuenir,
Parler au fauory, faire cent reuerences,
Payer auant qu'auoir de foibles recompenses.

   Il n'en est pas ainsi du Dieu que nous seruons,
Nous demandons sans cesse, & tousiours nous auons,
Tousiours prest d'écouter nos vœux & nos demandes,
Plus nos desirs sont forts plus ses graces sont grandes,
Il nous enrichit tous, il preuient nos besoins,
Nos cheueux ne sont pas indignes de ses soins,
Et nous ne craignons point chez luy d'autre disgrace,
Ny de mal-heur plus grand que de perdre sa grace,
C'est là tout nostre soin de le rendre vainqueur
De nostre ame sousmise & de tout nostre cœur,
Il ne veut qu'estre aymé, c'est tout ce qu'il demande,
Il fait auecque nous tout ce qu'il nous commande.

   Ses Loys sont Loys d'amour, & son ioug est leger
Sous lequel il reçoit le Prince & le Berger,
Le petit & le grand auec indifference,
Nous proposant à tous la mesme recompense,

Deuant luy tous les Roys & tous les conquerans
S'ils ne se font petits ne seront iamais grands,
Et tous les Souuerains, tous les grands, tous les braues,
Ne font rien, s'ils ne font de ce Roy les esclaues,
S'ils ne l'adorent tous, s'ils ne luy font soûmis
Il les traitera tous comme ses ennemis
Et le moindre berger qui vit dans leur Empire
Le plus pauure artisan qui pour Dieu seul souspire
Est plus grand mille fois, plus riche, & plus heureux
Que tous les grands du monde & les plus genereux.

   Heureux tant de grands Roys, de Seigneurs & de Princes,
Qui las de l'embarras & du soin des Prouinces,
Pour conquerir le Ciel ont quitté leurs Estats,
Et du monde aborrant les deceuans appas,
Triomphans du plaisir ont méprisé la terre,
Et faisant à leur corps vne innocente guerre
Dieu trompe heureusement leurs genereux desseins
Voulans n'estre plus grands, il les fait de grands Saints,
Il les rend plus grands Roys, immortels, pleins de gloire,
Dont la terre & le Ciel celebrent la memoire.

   Ah! qu'on gagne en perdant auec le Dieu des Dieux
Quand pour vn peu de terre il nous donne les Cieux,
Quand pour vn peu de mal & de peu de durée,
On trouue dans le Ciel vne ioye asseurée,
Et pour s'estre priué des faux plaisirs d'vn iour
On possede tous ceux, du celeste seiour.

   Pauure monde abusé, pauures brebis errantes
Qui courez sans Pasteur des routes si meschantes,
Chrestiens qui vous damnez auec tant de plaisir
La crainte des enfers, doit enfin vous saisir,

Tous

Tous ses jeux, ses tourmens, ses eternelles flammes
Qui deuorent les corps & qui brulent les ames,
Le malheur des malheurs de ne voir iamais Dieu,
Tout ce qu'on souffre enfin dans cet horrible lieu,
Les demons, les cachots, & la peine eternelle
Ne toucheront-ils point vostre ame criminelle :
Helas ! si tout cela ne vous touche le cœur
Souffrez que Dieu le fasse & qu'il en soit vainqueur,
Ne vous oposez pas à sa diuine grace,
Preparez à ce Roy dans vos cœurs cette place,
Ce trosne, ou le demon, ce lasche vsurpateur,
Ce prince tyrannique & ce tyran flateur
A si long-temps regné, qu'il le quitte auec honte,
Et que IESVS-CHRIST seul, y reigne & le surmonte.
   Les Loys, Chrestiens, les Loys de ce Roy de nos ames,
Plus douces mille fois que tant de loys infames
Qu'establit le peché, que le monde prescrit,
N'offensent pas le corps, ne troublent pas l'esprit,
Et l'on a du plaisir beaucoup plus que de peine
D'obseruer de Dieu seul cette loy souueraine,
Sainte, auguste, adorable, & qui rend bien-heureux
Ceux qui l'obseruent bien, & d'vn cœur amoureux.
   Au contraire, le monde à cent loys tyranniques,
Cent pointilles d'honneur, cent maximes iniques,
Il faut tout obseruer, les regards & les pas,
Il faut dire qu'on aime alors qu'on aime pas,
Rendre vn deuoir contraint au grand qui nous opprime,
Flater honteusement ses defauts & son crime,
Paroistre satisfait, quand on est mescontent,
Dire que l'on a tout lors mesme qu'on attend.

B.

Dire qu'on a gagné, quand on perd son affaire,
Enfin déguiser tout, tousiours se contrefaire,
Et mettre entre la bouche & le cœur criminel,
Au lieu d'estre sincere, vn diuorce eternel.

L'insuportable joug, le honteux esclauage
Indigne d'vn Chrestien, & d'vn noble courage,
Au lieu de I E S V S-C H R I S T, seule & viuante loy,
En chaque passion s'eriger vn faux Roy;
Obseruer mille loys, obeïr à cent maistres,
Insolens, furieux, tyrans, chagrins & traistres.

Du vice, les chemins si grands & si battus
Ne sont pas si charmans que ceux-là des vertus :
La ioye est naturelle aux ames innocentes,
Autant que la tristesse aux ames mal-faisantes;
Vn meschant n'est iamais asseuré ny content,
L'homme de bien est guay, quoy qu'il soit penitent,
Le calme de son cœur paroist sur son visage,
Rien ne le peut troubler, rien ne luy fait outrage,
Il sçait rendre le bien pour le mal qu'on luy fait,
Sain, malade, par tout égal & satisfait
Dans l'effort des douleurs ou de la maladie,
S'il faut perdre les biens, s'il faut perdre la vie,
Tout est indifferent à qui n'aime que Dieu,
Et qui dit à ce monde vn eternel adieu,
Ses biens & sa santé, sa vie & ses delices
Sont d'aimer les vertus & de hayr les vices,
D'estre conforme à Dieu qui mourant sur la Croix
Donne à tous ses amans & l'exemple & les loys
Pour aymer les douleurs, la mort & les offenses,
Et faire ses plaisirs du mal & des souffrances.

La Croix, cet arbre saint arrousé de ses pleurs
A pour nous en tout temps mille moissons de fleurs,
C'est vn objet de haine aux ames criminelles,
C'est vn objet d'amour aux ames des fidelles ;
Et cet arbre arrousé d'vn Sang si precieux
A pour tous ses amans des fruicts delicieux :
Elle est sur les autels, elle est dessus les trosnes,
Les Souuerains l'ont mise au haut de leurs Couronnes :
Le vray Chrestien la porte au milieu de son cœur,
Par elle des demons il est tousiours vainqueur
Sur le monde, & luy-mesme il gaigne la victoire,
Et c'est ce bois sacré qui le porte à la gloire.
    O Croix, ô IESVS, mort dessus ce sacré bois,
Qu'heureux sont les Chrestiens qui gardent bien vos loix :
Delices de mon cœur, chere ame de mon ame,
Mon Dieu qui me brulez d'vne si douce flame,
Sacré Corps de IESVS, que i'adore à l'Autel,
Pain celeste & diuin qui nourrit vn mortel,
Vos presens, vos bien-faits, vostre magnificence,
Vos liberalitez m'ont mis dans l'impuissance
De vous remercier comme vous meritez :
Au lieu de vos rigueurs ie ressens vos bontez ;
Au lieu que ie deuois estre reduit en poudre,
Au lieu d'estre écrasé par quelque coup de foudre
Lors que par mes pechez ie meritois l'Enfer,
Qu'en mon cœur, les demons, ie faisois triompher,
Que ie vous offençois, vous m'auez fait la grace
De le briser, ce cœur, d'y prendre vostre place ;
Ie vous l'auois volé, ce cœur estoit à vous,
Vous estes son seul Roy, son Maistre & son Epoux ;

Il vous couſte le ſang qui ſortit de vos veines,
Il couſte vos ſueurs, voſtre mort & vos peines,
Vous l'auez racheté par vn ſi digne prix,
Ie l'auois dérobé, mais vous l'auez repris.

J'eſtois perdu, Seigneur, i'allois au precipice
Courant aueuglement dans les routes du vice,
Au lieu de vous aimer, i'aimois la vanité ;
Mais, excez de clemence, au lieu d'eſtre irrité,
Au lieu de me punir vous m'eſtes fauorable,
Et vous auez pitié d'vn pauure miſerable ;
Que le monde & la Cour enyuroient doucement,
Que le vice & l'enfer entraiſnoient fortement.

Que i'eſtois aueuglé de viure de la ſorte
Pour quelques faux plaiſirs que le vent nous emporte
Perdre l'Eternité ; vous perdre, vous Seigneur
Qui ſeul pouuez donner vn ſolide bon-heur.

Mes yeux verſez des pleurs, noyez vous dans vos larmes,
Seruez-vous contre vous de vos fragiles armes
Faux guides vous n'auiez pour moy que de faux iours,
En vous ſuiuant i'allois me perdre pour touſiours ;
Sur vous ſeuls i'azardois le ſalut de mon ame,
Que ne me diſiez-vous que i'eſtois vn infame
D'aimer la creature au lieu du Createur :
Cour deceuante, Cour, Monde, faux & flateur ;
Enfin i'ay reconnu par vne autre lumiere
Que celle de mes yeux, que tout n'eſt que pouſſiere,
Que tout eſt vanité, que tout meſme n'eſt rien,
Que Dieu ſeul eſt mon tout & mon vnique bien ;
Hors de luy rien n'eſt beau, rien n'eſt bon, rien n'eſt meſme,
Qu'òn porte la Thiare, ou bien le Diadéme,

Qu'on soit couuert de pourpre , & Roy de l'Vniuers,
Tous ces grands deuant Dieu ne font que petits vers,
Et s'ils ne meurent pas auec ses bonnes graces
Du Trofne ils defcendront dans ces brûlantes places,
Que les demons d'Enfer gardent aux criminels
Qui violent de Dieu, les Arrefts Eternels.

   Au moment de la mort & de l'heure derniere,
Que le cœur eft fans vie & les yeux fans lumiere
Dequoy feruent aux Roys , dequoy feruent aux grands
Aux riches, aux pecheurs, & mefme aux conquerans?
Les Couronnes, l'argent, la puiffance fupréme,
Le plaifir & les biens, & tout ce que l'on ayme?
Helas ! cela peut-il les fauuer de la mort?
Les deffendre des vers & d'vn fi trifte fort.

   Pour les Roys, pour les grands , les vers, la pourriture
Ont-ils quelque refpect dedans la fepulture?
Tous ces voluptueux qui viuent mollement
Seront-ils mieux traittez dedans le monument?
Auffi-toft qu'au cercueil la mort nous fait defcendre,
Les vers de tous les corps font vne mefme cendre,
Les ames, au contraire, ont des forts differents,
Elles ont diuers lieux, elles ont diuers rangs:
Celles des gens de bien vont au fein de la gloire
Iouyr de l'heureux fruict d'vne heureufe victoire,
Et celles des méchans que l'on charge de fers,
Vont eternellement gemir dans les Enfers.

   Funefte aueuglement ! deplorable mifere !
De voir tant de Chreftiens armez contre leur pere,
Trauailler à leur perte, aymer de faux appas,
De courir en Enfer, & de n'y fonger pas:

Faire tout pour le corps, ne faire rien pour l'ame,
Preferer à la gloire vne eternelle flame,
Aymer mieux se ietter dans les bras des demons
Que dans les bras sacrez du Dieu que nous seruons,
Tousiours ouuerts & prests d'embrasser les coupables
Sur lesquels il répand des bienfaits ineffables,
Pour lesquels il est mort leur donnant tout son sang,
Pour les éleuer tous à ce sublime rang,
A l'honneur d'estre enfans d'vn Dieu mort au Caluaire,
Qui nous fit de son sang l'appareil salutaire
Pour guerir les blessez, ressusciter les morts,
Et pour couronner l'ame en abbattant le corps.
    Prosterné deuant vous, & baigné de mes larmes,
Seigneur, vous qui m'auez par de si puissans charmes
Brisé le cœur rebelle à vos Commandemens,
Et mis au rang heureux de vos heureux amans,
Quand, au Vendredy Sainct que l'Eglise celebre,
Et de son Espoux mort fait la pompe funebre,
M'ayant heureusement fait mourir au peché,
Vous m'auez de la Cour, & du monde arraché,
Pour vn bon-heur si grand, pour vne telle grace
Aprenez moy, mon Dieu, ce qu'il faut que ie fasse;
Vous estes mort pour moy, vous estes mort pour tous,
Ie veux aussi, Seigneur, viure & mourir pour vous :
Mais si de tous les cœurs des hommes de la terre
Ou qui vous font des vœux, ou qui vous font la guerre
Ouy, si de tous les cœurs ie pouuois en faire vn,
I'y ietterois le feu, non pas le feu commun,
Mais le vostre, O IESVS! vostre flame adorable,
Tous n'aymeroient par tout que vous le seul aymable,

Tous pousseroient vers vous leurs soûpirs innocens,
Et dans vn mesme feu brusleroient mesme encens.
  Tout l'Vniuers seroit vostre Eglise naissante,
Quand des nouueaux Chrestiens l'ame d'amour bruslante
Faisoit qu'ils auoient tous mesme cœur mesme esprit,
Et ne composoient tous qu'vn mesme IESVS-CHRIST.
  Si vous donnant ma vie & le sang de mes veines,
Si souffrant des Enfers les eternelles peines,
Ie pouuois effacer tant de pechez commis,
Par les mauuais Chrestiens & par vos ennemis
Que ie serois content dans ma bonne fortune
En souffrant mille morts i'en adorerois vne,
Digne que l'Ange & l'homme, & la terre & les Cieux,
Adorent en tremblant son moment precieux:
C'est là vostre, O IESVS! qui m'a donné la vie,
Helas! que mon bonheur seroit digne d'enuie,
Helas! que i'attendrois auec contentement
L'heureux terme & la fin de mon bannissement.

F I N.